COLLECTION

EUGÈNE FISCHHOF

COLLECTION E. FISCHHOF

CONDITIONS DE LA VENTE

Elle sera faite au comptant.

Les acquéreurs payeront *dix pour cent* en sus des
enchères.

CATALOGUE

DE

TABLEAUX ANCIENS

DES

Écoles Anglaise, Flamande, Française, Hollandaise, Italienne

DES XVe, XVIe, XVIIe, XVIIIe et XIXe Siècles

PASTELS ET MINIATURES

COMPOSANT LA COLLECTION DE

M. EUGÈNE FISCHHOF

Dont la Vente aura lieu aux enchères publiques à Paris

GALERIE GEORGES PETIT

8, Rue de Sèze

le Samedi, 14 Juin 1913, à 2 heures

COMMISSAIRES-PRISEURS

Me F. LAIR DUBREUIL	Me Henri BAUDOIN
6, Rue Favart	Success^r de Me PAUL CHEVALLIER
PARIS	10, Rue Grange-Batelière.

EXPERT

M. Jules FÉRAL, 7, Rue St-Georges

EXPOSITIONS :

Particulière : le Jeudi, 12 Juin 1913, de 2 heures à 6 heures
et de 8 heures à 11 heures du soir.

Publique : le Vendredi, 13 Juin 1913, de 2 heures à 6 heures.

ÉCOLE ANGLAISE

CONSTABLE (JOHN, R. A.)

East-Bergholt, 1776-1837

1 — *Vue de " Dedham Vale "*.

Une large vallée s'étend jusqu'à l'horizon où des collines s'élèvent sur le ciel nuageux. Au premier plan, sur une route, un troupeau de moutons suit un berger. Derrière eux, un cavalier coiffé d'une toque rouge.

A droite, une prairie où des vaches et un âne paissent sous la garde de deux enfants. Une source jaillit près d'une barrière de bois entre des rochers couverts de broussailles. A gauche, trois personnages assis au bord de la route, à l'ombre d'un bouquet de saules. On remarque, parmi eux, une fillette couverte d'un manteau rouge.

Plus loin, des constructions couvertes de chaume, des haies vives et, dans le fond de la vallée, une ville avec le clocher d'une église.

Toile. Haut. : 64 cent. Larg. : 92 cent.

COSWAY (RICHARD)

Tiverton, 1742-1821

2 — *Portrait de Lady Clifton*.

Debout dans un parc, elle est vue à mi-corps, tournée vers la gauche, le visage de trois quarts. Elle a les yeux gris bleu, les cheveux châtains, bouclés sur le front et les oreilles, pendant sur l'épaule, sous un haut chapeau de feutre noir, empanaché de plumes de même couleur et garni de rubans roses. Les mains, gantées de peau fauve, sont croisées à la hauteur de la ceinture ; elle retient autour d'elle un mantelet de soie noire sur son corsage rose, en partie caché par un fichu de mousseline qui couvre les épaules et la poitrine.

Fond de parc.

Cadre en bois sculpté.

Toile. Haut. : 76 cent. Larg. : 63 cent.

ETTY (William)

York, 1787-1849

3 — *Les trois Grâces.*

Trois jeunes femmes brunes sont réunies debout dans un parc. De légères étoffes de mousseline voilent à peine leur nudité. Elles portent les cheveux séparés en bandeaux et retombant en boucles sur les oreilles.

L'une des jeunes femmes, au centre, est vue de face, les deux autres de trois quarts. A gauche de la première, sa compagne, les bras levés, tient au-dessus de sa tête une couronne de fleurs. A droite, la troisième, un bouquet à la main, s'incline, en regardant une gerbe de fleurs que lui présente une fillette, debout, à côté d'elle, les jambes drapées dans une étoffe rouge.

Vers le fond, à gauche, une cascade et un cours d'eau coulent dans un paysage boisé.

Au premier plan, un buisson de feuillage.

Le ciel est nuageux et reflète les lueurs du soleil couchant.

Bois. Haut. : 1 m. 20. Larg. : 90 cent.

GAINSBOROUGH (Thomas)

Sudbury, 1727-1788

4 — *Portrait d'une Princesse Royale.*

Les cheveux relevés en une haute coiffure, poudrés et retombant en boucles sur la nuque, les yeux bleus, le visage légèrement tourné vers la gauche, elle porte un corsage bleu décolleté, un fichu de mousseline flottant autour de la poitrine, et apparaît en buste sur un fond de parc, dans l'encadrement d'un œil-de-bœuf en pierre.

Cadre en bois sculpté.

Toile. Haut. : 74 cent. Larg. : 61 cent.

Collection Sir George Donaldson, Londres.

GAINSBOROUGH DUPONT

École Anglaise 1767-1797

5 — *Portrait de William Candler.*

En uniforme rouge au revers jaune galonné d'argent,
une cravate de mousseline serrée autour du cou, un
ruban noir noué sur la nuque et posé sous le jabot de
dentelles qui s'échappe du gilet boutonné. Les yeux
bleus, les cheveux poudrés bouffant sur les oreilles et
relevés sur le front, il est représenté à mi-corps, tourné
de trois quarts vers la droite.

Toile. Haut. : 75 cent. Larg. : 63 cent.

HOPPNER (John, r. a.)

Londres, 1758-1810

6 — *Portrait de Mrs Keith Jopp d'Aberdeen.*

La jeune femme est représentée dans un paysage,
vue à mi-corps, de trois quarts tournée vers la gauche ;
les yeux bruns regardant le spectateur, les cheveux
châtain foncé, bouclés sur le front et sur les oreilles ;
elle porte une robe jaune ouverte en pointe sur la poitrine et sous un fichu de gaze, les manches courtes,
une ceinture serrée à la taille. Autour du cou, un
ruban rose.

Au fond, une rivière serpente dans une large vallée.

Ciel nuageux avec effet de soleil couchant.

Toile. Haut. : 76 cent. Larg. : 63 cent.

Pendant du suivant.

HOPPNER (John, r. a.)

7 — *Portrait de Mr Keith Jopp d'Aberdeen.*

Vu de face, à mi-corps, la tête tournée vers la droite. les cheveux bruns bouclés sur le front, il est vêtu d'une redingote noire à col de velours, boutonnée sur un gilet blanc, une large cravate de lingerie nouée autour du cou. Un rideau rouge drapé sur le fond est relevé sur la droite.

Toile. Haut. : 76 cent. Larg. : 63 cent.

Pendant du précédent.

LAWRENCE (Sir Thomas, p. r. a.)

Bristol 1769-1830

8 — *Les deux Sœurs (The Misses Hague).*

Les deux jeunes filles sont représentées dans un intérieur ; ainsi que deux sœurs, elles ont toutes deux les cheveux châtains, bouclés, et les yeux bleus.

L'une, en robe de mousseline blanche, décolletée, laissant les bras nus, est assise presque de face, la tête légèrement inclinée sur l'épaule, un châle posé sur ses genoux.

Regardant le spectateur, elle tient d'une main un bouquet de fleurs et de l'autre main froisse un feuillet de musique.

L'autre jeune fille, debout sur la droite, porte une robe lie de vin, décolletée sur une chemisette de mousseline serrée à la taille par une ceinture verte. Elle tient un archet et s'appuie sur l'épaule et le bras de sa sœur, qu'elle regarde affectueusement.

A gauche, on remarque une harpe et un violon.

Dans le fond, un rideau rouge relevé sur la droite.

Cadre en bois sculpté.

Toile. Haut. : 1 m. 25. Larg. : 98 cent.

Collection de Sir George Donaldson.

Une lettre, dans laquelle Sir Walter Armstrong considère le tableau comme une œuvre caractéristique du maître et se déclare prêt à le faire figurer dans la prochaine édition de son ouvrage sur Lawrence, est à la disposition de l'acquéreur.

LAWRENCE (Sir Thomas, p. r. a.)

9 — *Master Brampton.*

C'est un jeune homme représenté dans la campagne, vu à mi-jambes, le bras gauche accoudé, une paire de gants à la main. Les yeux bleus, les cheveux châtain clair séparés en bandeaux sur le front et pendant sur les oreilles, une cravate noire nouée autour du cou, il porte un habit marron ouvert sur un gilet blanc ; le haut du corps est incliné sur la droite, le regard est dirigé vers la gauche.

Fond de paysage avec cours d'eau et ciel nuageux.

La partie inférieure du tableau est restée à l'état d'esquisse.

Cadre en bois sculpté.

Toile. : Haut. : 90 cent. Larg. : 70 cent.

ROMNEY (George)

Dalton-le-Furness, 1734-1802.

10 — *Portrait de Mrs Clarke.*

Les cheveux châtain roux, les yeux bruns, un collier de corail autour du cou, vêtue d'une robe noire ouverte sur une chemise de mousseline, elle est représentée, dans un parc, à mi-corps, presque de face, les mains jointes, les bras nus, s'accoudant sur un socle de pierre.

Cadre en bois sculpté.

Toile. Haut. : 75 cent. Larg : 62 cent.

ROMNEY (George)

11 — *Portrait de Brinsley Sheridan.*

Debout, de grandeur naturelle, il est presque de face, légèrement tourné vers la gauche, le bras droit appuyé sur une barrière de bois, tenant son chapeau noir de la main gauche pendant le long du corps. Les yeux bleus, le visage coloré, il est coiffé de la perruque poudrée et porte un habit marron boutonné sur un gilet blanc bordé de ruban rose, une cravate de mousseline montant autour du cou. Sa culotte de soie noire se détache sur ses bas blancs ; il est chaussé de souliers à larges boucles d'acier.

Fond de parc.

Cadre en bois sculpté.

Toile. Haut. : 2 m. 02. Larg. : 1 m. 12.

RUSSELL (John, R. A.)

Guildford, 1744-1806.

12 — *Portrait de Miss Emily de Visme,*
plus tard Lady Murray.

La jeune fille est assise sur un tabouret dans le vestibule d'un palais, jouant de la harpe ; son instrument est appuyé sur l'épaule gauche. Les yeux bruns levés au ciel, les cheveux châtains, épars sur la nuque et les épaules, le corsage décolleté, les bras demi-nus, elle porte une robe de mousseline blanche serrée à la taille par une ceinture de gaze rose. Ses pieds sont chaussés de souliers jaunes sur des bas blancs.

La harpe est décorée de roses.

On remarque, derrière la jeune fille, les bases de deux colonnes sur un socle de pierre. A droite, des rayons lumineux se répandent sur le fond.

Pastel.

Signé à gauche : J. Russell R. A., pinxit 1794.

Haut. : 1 m. 35. Larg. : 1 m. 10.

Gravé par W. Bond en 1795 sous le titre : « Sainte Cecilia ».

Collection Murray, Londres.

RUSSELL (John, r. a.)

13 — *Portrait de Philips Serle.*

Un jeune homme représenté à mi-corps, tourné de trois quarts vers la droite, les yeux bruns, le teint coloré, les cheveux blonds, bouclés sur le front et sur les oreilles. Il porte un habit bleu à larges revers, fermé par des boutons dorés sur un gilet blanc croisé ; une cravate de mousseline passée autour de son cou est nouée sous le menton.

Fond de ciel.

Pastel de forme ovale.

Signé à droite : J. Russell R. A. 1798.

Hauteur : 60 cent. Larg. : 45 cent.

On lit derrière l'encadrement une inscription contemporaine donnant le nom du personnage, la date de sa naissance (18 Novembre 1783) et indiquant que le pastel a été exécuté en Janvier 1798.

TURNER (Joseph Mallord William, r. a.)

Londres, 1775-1851

14 — *Le Débarquement des Pêcheurs.*

Deux bateaux de pêche sont échoués sur une plage, où la mer descendante a laissé des flaques d'eau. Aux mâts de l'un d'eux, des voiles flottent, ramenées par un homme en toque rouge.

A droite, deux femmes, l'une portant une blouse blanche sur un jupon rouge, reçoivent les pêcheurs qui tirent leurs filets des bateaux ; tout auprès, des paniers sont entassés. Une barrière de bois se dresse, retenue dans une dune de sable. A gauche, sur la grève, des nasses de pêche. Plus loin, une autre barque échouée et un homme traversant la plage.

Dans le fond, on aperçoit sur la mer des bateaux à voiles sous le ciel nuageux, qui est animé par un vol d'oiseaux.

Toile. Haut. : 49 cent. Larg. : 71 cent.

Cité dans l'*Œuvre de Turner*, par sir Walter Armstrong, page 230.

Collection Sanderson.

Collection J. Farnworth 1874.

MINIATURES

COSWAY (Richard, R. A.)

Tiverton, 1740-1821

5 — Portrait de la Duchesse de Kent, Mère de la feue Reine Victoria.

En buste, tournée vers la droite, le visage presque de face, les yeux bleus, les cheveux poudrés, bouclés sur le front et tombant sur les épaules, serrés sur la tête par un voile de gaze à pois d'or, elle porte un corsage de mousseline, décolleté, aux manches courtes. Fond de ciel.

Miniature.

Cadre entouré de diamants.

Haut. : 65 mm. Larg. : 55 mm.

Collection de Lady Macdonald.
Collection Charles Wertheimer, Londres.

ENGLEHEART (George)

Kew, 1750-1829

16 — *Mrs Sedgwick.*

En buste, la tête tournée vers la droite, les yeux bleus, le visage souriant. Les cheveux poudrés et bouclés sont relevés sous un turban de gaze rayée d'or; la poitrine est décolletée. Elle porte un corsage blanc garni d'une ruche de lingerie et d'un ruban bleu sur la poitrine.

Miniature.

Cadre entouré de diamants.

Haut. : 66 mm. Larg. : 55 mm.

Collection de Lady Macdonald.
Collection Charles Wertheimer, Londres.

SHELLEY (Samuel)

Whitechapel, 1750-1808

17 — *Portrait de la Comtesse de Jersey..*

Vue de face, en buste, la tête légèrement tournée
vers la gauche, les yeux bruns, les cheveux poudrés,
bouclés, relevés sous un turban de gaze, elle porte un
collier autour du cou, un corsage noir et un fichu de
mousseline entourant la poitrine décolletée.

Fond de ciel.

Miniature.

Cadre entouré de diamants.

Haut. : 75 mm. Larg. : 58 m

ÉCOLE FRANÇAISE

BOUCHER (François)

Paris, 1703-1770

18 — *Les Amours endormis.*

Deux Amours, aux cheveux blonds bouclés, sont étendus l'un près de l'autre sur un nuage. A droite, l'un d'eux a posé sa tête sur celle de son petit compagnon. Une écharpe bleue est étendue sous eux, avec des guirlandes de roses. A gauche, on remarque un carquois rempli de flèches, et une torche enflammée qui illumine une partie du nuage.

Le ciel est sombre sur la droite et apparaît bleu de l'autre côté.

Signé à gauche en toutes lettres et daté 1762.

Toile. Haut. : 61 cent. Larg. : 93 cent.

19 — *Les Amours éveillés.*

Ils apparaissent portés sur les nues; leurs cheveux blonds sont bouclés. L'un d'eux est assis, et une étoffe rose drape ses plis derrière lui. Il tient une couronne de fleurs au-dessus de la tête de l'autre Amour qui est étendu sur une draperie jaune. A droite, une partition ouverte: à gauche, un carquois bleu et un couple de colombes.

Le ciel nuageux s'éclaire dans le fond.

Signé à droite en toutes lettres et daté 1762.

Toile. Haut. : 61 cent. Larg. : 93 cent.

Ces deux dessus de porte forment pendants.

BOUCHER (François)

20 — *Pastorale.*

Une élégante bergère est assise à droite sur un tertre. Coiffée d'un chapeau de paille posé sur ses cheveux roux qui sont agrémentés de fleurs, elle est vêtue d'un corsage jaune décolleté et d'une jupe rouge relevée sur un jupon de mousseline. Un jeune berger, agenouillé devant elle, a pris délicatement sa main pour la baiser. Il est vêtu d'une veste jaune et d'une culotte rouge; ses cheveux blonds sont serrés sur la nuque par un ruban bleu, un manteau bleu est drapé derrière lui. Sur le sol, on remarque à côté de la bergère un mouton couché, puis une houlette et un panier de fleurs. Derrière elle, un oiseau dans une cage devant un buisson de roses et un vase sur un socle de pierre.

A gauche, une cornemuse; plus loin, un troupeau de moutons et un bœuf.

Au second plan, le paysage est boisé et ouvert à gauche d'une échappée sur le ciel nuageux.

Nous pensons que ce tableau est une œuvre originale du Maître, mais qu'il a souffert dans certaines parties.

Toile. Haut. : 1 m. 25. Larg. 1 m. 80.

COYPEL (Antoine)

Paris, 1661-1722

21 — *Bacchus et Ariane.*

La jeune femme est assise à terre, au centre, drapée d'étoffes bleues et roses, les jambes nues, la poitrine découverte. Elle s'appuie sur le jeune dieu qui est assis derrière elle sur un tertre et lui offre des fruits présentés dans une corbeille par un faune agenouillé.

Derrière eux, un enfant joue de la flûte de Pan. Une bacchante danse en frappant deux coupes l'une sur l'autre et deux faunes l'accompagnent, l'un saisissant l'écharpe bleue qui voile la jeune femme.

A droite, au premier plan, une chèvre, puis des enfants enguirlandant de raisins un dieu therme.

Vers le fond, un couple derrière un bouquet d'arbres, des vases d'orfèvrerie au bord d'une source.

La campagne est accidentée dans le lointain sous un ciel bleu dont les nuages reflètent les lueurs du soleil couchant.

Toile. Haut. : 1 m. 48. Larg. : 1 m. 08.

GÉRARD (Mlle MARGUERITE)

Grasse, 1761-1837

22 — *L'Enfant chéri.*

Dans un intérieur, une jeune femme blonde, vêtue d'une robe blanche, une écharpe bleue posée sur l'épaule, est assise dans un fauteuil jaune. De ses deux mains elle a pris les menottes d'un petit enfant presque nu, blond, aux yeux bruns, au visage souriant, qu'une autre jeune femme tient sur ses genoux. Celle-ci, les cheveux bouclés, les yeux bleus, porte un corsage blanc, un tablier de couleur paille et une jupe jaune à fleurs. Elles ont toutes deux les yeux fixés sur l'enfant qui regarde le spectateur.

Deux colombes voltigent dans la chambre, sous le regard de convoitise d'un chat assis sur l'appui de la fenêtre ouverte laissant voir la campagne. Un rideau vert est étendu contre le volet. A droite, sur un meuble d'acajou garni de bronzes, formant bureau et dont le tiroir est ouvert, on remarque des fleurs dans un vase, un carton à dessin, des étoffes et un globe de métal reflétant la pièce. Sur le sol, un tapis d'Orient.

Signé, à gauche : M^{le} Gérard.

Cadre en bois sculpté.

Bois. : Haut. 56 cent. Larg. : 46 cent.

Collection du général Bulwer, de Norfolk, cousin de Lord Lytton, ancien ambassadeur à Paris.

HEINSIUS (JEAN-JULES-ERNEST)

Weimar, 1740-1812

23 — *Portrait de Jeune Femme.*

Coiffée d'une grand bonnet de mousseline, retenu après sa haute coiffure par un ruban bleu, les cheveux bouclés sur le cou, les yeux bleus, elle est vue en buste, légèrement tournée vers la gauche. Elle porte un corsage rose décolleté garni de dentelle et orné d'un nœud de ruban azuré sur la poitrine. Derrière elle, un buisson de roses.

Fond de ciel.

Toile. Haut. : 65 cent. Larg. : 51 cent.

LAGRENÉE (Jean-Jacques, le Jeune)

Paris, 1740-1821

24 — *Amphitrite.*

La déesse est couchée sur un dauphin qui la porte sur les eaux. Elle prend d'une main des chaînes de perles et du corail qui lui sont présentés dans une conque par un amour voltigeant à côté d'elle. Ses cheveux blonds sont parés encore de perles et de corail.

Au second plan, un rocher.

Dans le fond, à gauche, le ciel est nuageux et éclairé par le soleil couchant.

Dessus de porte.

Toile. Haut. : 66 cent. Larg. : 1 m. 77.
Pendant du suivant.

25 — *Diane.*

Elle est couchée dans la campagne sur des étoffes blanches et roses, le bras gauche accoudé sur un coussin rayé, les cheveux blonds ornés de perles et d'un bouquet de fleurs. Elle tient un arc de la main gauche. A côté d'elle, un amour est endormi sur un carquois.

A droite et vers le fond, un paysage accidenté traversé par une rivière.

Dessus de porte.

Toile. : Haut. 66 cent. Larg. : 1 m. 77.
Pendant du précédent.

LANCRET (Nicolas)

Paris, 1690-1743

26 — *La Danse Champêtre.*

Devant une construction entourée d'arbres et de frondaisons, un couple danse.

La jeune femme, à gauche, les cheveux bruns relevés sous un bouquet de feuillage, une ruche autour du cou, vêtue d'une tunique bleue décolletée, aux basques couvrant en partie sa large jupe jaune, les deux bras étendus, joue des castagnettes. Lui faisant vis-à-vis, un jeune homme, dont l'habit gris est ouvert sur une chemise de lingerie souple, une guirlande de feuillage sur la poitrine, une mai posée sur la hanche et l'autre main relevée au-dessus de son large chapeau de feutre garni de rubans roses, la regarde dans les yeux.

Vers le centre, et au second plan, un joueur de vielle, couvert d'un manteau rouge, accompagne les danseurs. A droite, au premier plan, une jeune femme en robe jaune est assise à terre et regarde un couple voisin. Le mezzetin, en habit bleu rayé, coiffé d'une large toque, s'est penché vers sa compagne, une jeune femme aux cheveux poudrés sous un toquet à plumes blanches, au corsage noir décolleté, robe rose retroussée sur un jupon gris, et qui, d'un geste de coquetterie, le bras droit relevé, semble vouloir se défendre de ses entreprises.

A gauche, on aperçoit un pain entamé sur une table couverte d'une nappe blanche, puis, sur le sol, une bouteille, un tambour de basque et une étoffe rouge.

Cadre en bois sculpté.

Toile. Haut. : 71 cent. Larg. : 86 cent.

Collection Fontmagne.
Collection Decaze.

LANCRET (Nicolas)

27 — *Les Dénicheurs d'Oiseaux.*

Une jeune femme à la blonde chevelure ornée de
bleuets, vêtue d'un corsage vert décolleté et d'une
jupe jaune, est assise sur un tertre, au centre d'un
paysage. A gauche, un jeune garçon en veste rouge,
culotte grise, un feutre aux larges bords relevés posé
sur ses cheveux blonds tombant le long de son visage,
lui présente un nid d'oiseaux.

La jeune femme a pris sur son index l'un des petits
oisillons et offre aux autres une branche de feuillage.
On aperçoit, dans le fond, une plaine de vaste étendue
sous un ciel légèrement nuageux et illuminé des rayons
du soleil couchant.

Cadre en bois sculpté.

Toile. Haut.: 54 cent. Larg.: 64 cent.
Exposition de l'Enfance au Petit Palais.
Collection Drouet, Paris.

LARGILLIERRE (Nicolas de)

Paris, 1656-1746

28 — *Portrait de la Marquise*
de Langle.

Représentée dans un parc, elle apparait jusqu'à la
taille, de trois quarts à droite, le visage presque de
face et souriant. Sur sa robe blanche, décolletée, une
écharpe de satin rose bordée d'un galon d'or est
drapée, retenue à la poitrine par une agrafe d'orfèvrerie.

Ses cheveux poudrés, relevés sur le front et tom
bant sur la nuque, sont agrémentés d'un bijou enrichi
d'une perle en forme de poire et d'un rubis cabochon,
fixant au sommet de la tête une plume noire.

Cadre en bois sculpté.

Toile. Haut. : 78 cent. Larg. : 61 cent.
Exposition de Bagatelle, 1912.

LARGILLIERRE (Nicolas de)

29 — *Portrait présumé de la Marquise de Dangeau.*

Elle est représentée de trois quarts à gauche, jusqu'à mi-corps. Dans l'écartement d'un manteau bleu, doublé de soie blanche, elle apparaît en corsage décolleté de drap d'or brodé à revers et bordure de velours héliotrope. Son corsage et sa manche ouverte près de l'épaule sont enrichis d'un joyau d'or à pendentif de perle.

Son visage est joli et frais sous ses cheveux poudrés, encore que le pli du menton indique l'approche de la trentaine. Ses yeux noirs, aux paupières battantes, ont une expression de délicieuse câlinerie.

Cadre en bois sculpté.

Toile de forme ovale. Haut. : 82 cent. Larg. : 63 cent.

LE MOINE (François)

Paris, 1688-1737

30 — *Hercule et Omphale.*

La blonde Omphale est appuyée sur les épaules du dieu qui est assis au centre et vu de face.

Elle est entourée d'une peau de lion et tient sous son bras la massue. Le dieu a pris la quenouille et le fuseau de la jeune femme; il est drapé d'une étoffe de satin à fond blanc. Derrière eux, une tenture rouge est relevée sur les branches d'un arbre.

A droite, un amour présente une coupe.

Fond de paysage avec rochers et montagnes. Effet de soleil couchant.

Variante de la célèbre composition du Musée du Louvre.

Toile. Haut. : 1 m. 15. Larg. : 1 m. 10.

LE NAIN (LES FRÈRES)
École Française, xviiᵉ siècle

31 — *Famille de Paysans.*

Devant la ferme, près du puits, à la margelle de pierre où une paysanne, le visage à contre-jour, est en train de remonter une bassine d'eau, ils se sont arrêtés. A gauche, une femme assise fait manger à sa fillette, une bouillie, dont elle porte l'écuelle sur ses genoux : près d'elle, une fillette, plus âgée et debout, apporte une assiette de terre à un gamin assis sur le sol et tendant les mains ; il y a même un âne qui vient flairer cette pitance.

Derrière, dans l'ombre, deux chemineaux sont debout, accompagnés d'un chien.

Au fond, on aperçoit une chaumière dans le pré, sous un ciel gris.

Toile. Haut. : 97 cent. Larg. : 1 m. 01.

MUYS (NICOLAAS)
Rotterdam, 1740-1808

32 — *Marie-Antoinette et ses Enfants dans le Parc de Versailles.*

Vêtue d'une robe à paniers et tenant une ombrelle ouverte, la Reine est assise sur un banc de jardin. A sa droite, et debout, sa fille, Marie-Thérèse-Charlotte de France, depuis duchesse d'Angoulème. A gauche de ce groupe, le petit dauphin, connu sous le nom de Louis XVII, s'amuse, agenouillé, avec une chèvre. Derrière lui, le comte d'Artois, frère du Roi, donne des ordres à un jardinier en costume hollandais qui tient un pot de fleurs des deux mains. La scène se passe dans les jardins de Versailles. Derrière la Reine. on reconnaît le groupe de l'*Enlèvement de Proserpine*.

par Girardon. Entre les deux enfants de Marie-Antoinette, se dressent sur leurs tiges des fleurs de lys symbolisant la couronne de France.

Signé à droite, vers le bas : N. MUYS, F. A. 1792.

Bois. Haut. : o m. 8⁻. Larg. : o m. ⁻o.

Mentionné et reproduit dans la *Revue de l'Art ancien et moderne*, N° du 10 mars 1913, dans un article de M. François Lorentie sur l'Iconographie de Louis XVII.

Complètement inédit, ce tableau provient d'une famille où il a toujours été conservé depuis l'époque de la Révolution. La tradition s'est maintenue chez les possesseurs, que, tout en travaillant à ce tableau, ce qui lui permettait d'approcher de la famille royale sans éveiller les soupçons, Muys ait coopéré à la fuite de Louis XVI qui devait aboutir à l'arrestation de Varennes, le 22 juin 1791, date concordant avec celle que porte le tableau.

M. Vuaflart, auteur de l'importante « Iconographie de la reine Marie-Antoinette », dont deux volumes sont déjà parus, a examiné, avec un extrême intérêt, ce tableau, qu'il déclare constituer un document des plus précieux pour l'histoire du portrait de la Reine.

Se réservant d'étudier plus à fond cette peinture qui lui était inconnue, et qu'il se propose de publier dans son livre, M. Vuaflart nous a déjà communiqué les observations suivantes dont il nous a permis de faire usage, en s'autorisant de son nom.

1° On ne connaît aucune réplique, variante, ou répétition quelconque de cette composition ou d'une composition analogue.

2° Le tableau donne bien l'impression d'avoir été peint d'après nature, en ce sens que l'artiste a manifestement connu ses modèles et a pris tout au moins, d'après eux, des croquis et des notes.

3° Il n'est pas du tout étonnant que ce portrait de la Reine de France et des siens soit signé d'un nom étranger, assez peu connu. C'est, au contraire, le cas le plus fréquent pour les portraits de Marie-Antoinette. Alors qu'elle fit peu de commandes aux peintres et aux sculpteurs français, elle confia très souvent le soin de reproduire ses traits à des artistes étrangers.

Le fait que M. Vuaflart est le spécialiste le mieux informé en la matière, et qu'il a réuni les photographies d'environ 400 images de Marie-Antoinette, donne une autorité indiscutable à ses observations.

NATOIRE (Charles-Joseph)

Nimes, 1700-1777

33 — *Adam et Ève après le Péché.*

Ève est assise au pied d'un arbre chargé de fruits, et de la main droite retient sur ses yeux une mèche de ses longs cheveux blonds: elle pleure. A droite, le premier homme se tient debout, les mains jointes, les yeux pleins de larmes. Il semble implorer la clémence de Dieu qu'on aperçoit dans le ciel, en robe blanche drapée d'un manteau rose, faisant un geste de la main gauche, l'index levé. Le Tout-Puissant est porté sur un nuage, que soutient un ange, entouré de chérubins; une chèvre est cachée par la jeune femme.

On remarque, à droite, au second plan, un bœuf au repos. A gauche, le serpent fuit sous des broussailles.

Dans le fond, la campagne, traversée par un cours d'eau, apparaît accidentée.

Signé à gauche et daté 1740.

Cadre en bois sculpté.

Cuivre. Haut. : 66 cent. Larg. : 49 cent.

Gravé par J.-J. Flipart.

Salon de 1740.

NATTIER (Jean-Marc)

Paris, 1685-1766

34 — *Portrait de jeune Femme.*

En buste et vue de face, elle regarde le spectateur.
Les cheveux bruns, ornés de perles, sont relevés en
arrière, découvrant le front, et tombent en boucles
dans le cou, une mèche glissant jusque sur la poitrine,
vers l'épaule gauche. Le corsage décolleté, bordé de
mousseline plissée, est garni de perles. Sur le bras
gauche, un nœud de ruban rose. Un large ruban chif-
fonné, d'un bleu tendre, formant draperie, descend de
l'épaule droite, en travers, devant la poitrine.

Au-dessus de l'épaule gauche, une branche de feuillage, derrière laquelle on aperçoit un bouquet d'arbres.

Fond de ciel d'un gris bleu.

Cadre en bois sculpté.

Toile de forme ovale. Haut. : 59 cent. Larg. : 49 cent.

Reproduit dans P. de Nolhac, *J.-M. Nattier* (Paris,
1905), page 118. *Dame inconnue.*

Cf. P. de Nolhac, *Nattier*, etc., page 143.

Collection Jacques Doucet, vente du 6 juin 1912.
N° 169.

NATTIER (Jean-Marc)

35 — *Portrait d'un Gentilhomme.*

Il est représenté dans le vestibule d'un palais. Assis
sur une chaise cannée, le bras droit accoudé sur une
console de bois doré à dessus de marbre. Il regarde
en face. Sous la perruque poudrée qui le coiffe, brillent
ses yeux bruns ; son vêtement de velours noir laisse
apercevoir le gilet déboutonné sur une chemise à jabot,
un col souple autour du cou, et des manchettes de
lingerie flottant autour des poignets. Il tient les jambes
croisées, la main gauche appuyée sur les genoux. Les
basques de son habit sont drapées autour de son siège.

Au fond et à droite, une colonnade.

Signé à droite : Nattier, px. 1727.

Cadre en bois sculpté.

Toile. Haut. : 1 m. 47. Larg. : 1 m.14.

Provient du Château de Chiseuil par Digoin.

NATTIER (Jean-Marc)

36 — *Madame Elizabeth de France, plus tard Duchesse de Parme.*

Les yeux bruns, les cheveux bouclés, poudrés et relevés, ornés d'un bouquet de fleurs des champs, un voile de gaze pendant sur la nuque; elle est vue de face, en buste, jusqu'à la garniture de mousseline de son corsage, les épaules et la poitrine découvertes.

Cadre en bois sculpté.

Toile. Haut. : 39 cent. : Larg. : 31 cent.

Collection Crispi, Conservateur du Musée de la Brera, à Milan.

NATTIER (Atelier de)

37 — *Portrait Allégorique.*

La jeune princesse est représentée sous une grotte, assise à terre et accoudée sur un rocher. Les cheveux châtains, épars, les yeux bruns regardant en face, elle tient sur ses genoux un livre ouvert. Sa robe blanche est entourée d'un manteau de soie de même couleur. Elle est chaussée de sandales.

Au premier plan, une source. A droite, vers le fond, par une ouverture dans le roc, on aperçoit, dans un paysage montagneux, une cabane en planches.

Cadre en bois sculpté.

Toile. Haut. : 79 cent. Larg. : 43 cent.

Ce tableau est une répétition de l'atelier du maître selon le tableau du Louvre.

PATER (Jean-Baptiste-Joseph)

Valenciennes, 1695-1736

38 — *Le Bain.*

A l'intérieur d'un palais aux murs décorés de stuc, ornés de pilastres à chapiteaux, consoles et médaillons de bronze, dont le sol est dallé de marbre, une jeune femme entièrement nue sort d'une baignoire. Ses cheveux blonds sont coiffés, relevés au-dessus du front et agrémentés d'un bouquet de fleurs des champs.

Elle a posé un pied sur un tabouret, et trois chambrières, aux élégants vêtements de soie, s'occupent de sa toilette. L'une d'elles tient un linge blanc, une autre présente la chemise; la troisième, coiffée d'un bonnet, est assise à terre et tend une sandale.

A droite, une jeune femme en robe rouge rayée, un tablier blanc attaché à son corsage et tombant sur la jupe, est penchée au-dessus d'une table de toilette recouverte de mousseline, et prépare le nécessaire.

Une écharpe bleue est drapée sur une glace.

Au second plan, une jeune femme se tient debout devant une fenêtre; elle relève un rideau rose, et l'on aperçoit derrière les vitres un galant qui doit être sur un balcon et s'intéresse fort à la scène.

Dans le fond de la pièce, contre le mur, on remarque un grand canapé de bois doré. Sur le sol, au premier plan, à gauche, une étoffe jaune et un bassin de cuivre.

Cadre en bois sculpté.

Toile. Haut. : 44 cent. Larg. : 36 cent.

Collection du Marquis de Grammont.

On connaît plusieurs variantes de cette composition.

PATER (Jean-Baptiste-Joseph)

39 — *Réunion dans un Parc.*

Au centre, un couple danse. Le jeune homme, coiffé d'une toque rouge et vêtu d'une culotte de même couleur, un manteau bleu drapé sur l'épaule, sa veste grise en partie ouverte, se soulève sur la pointe des pieds et il fait un geste du bras droit levé à la hauteur de la tête, le coude arrondi. Une jeune femme lui fait vis-à-vis; elle retient de ses deux mains les plis de son manteau jaune drapé sur une robe blanche.

A droite, au pied d'un arbre, un groupe de personnages en costume de soie. Une femme blonde, en manteau rose, s'appuie au bras d'un jeune homme assis sur un tertre à ses côtés. Une fillette en robe, également de couleur rose, et coiffée d'une toque verte, est vue de dos. Un autre jeune homme a pris par la taille sa compagne qui semble se défendre de ses galantes entreprises. Un musicien joue du violon.

A gauche, un couple au repos sur le gazon, et un homme debout revêtu d'un manteau vert s'appuyant contre un arbre.

Dans le fond, des constructions, et un cours d'eau qui se perd à l'horizon dans un site accidenté.

Cadre en bois sculpté.

Toile. Haut. : 30 cent. Larg. : 45 cent.

Collection de Beurnonville.

ROBERT (Hubert)

Paris, 1733-1808

40 — *Ruines et Figures.*

Un temple à colonnades d'ordre corinthien, et dont la voûte complètement effondrée laisse voir le ciel nuageux, est ouvert en perspective. Au premier plan, une statue se dresse sur un socle, devant une vasque remplie d'eau ; plus loin, une femme tenant une cruche suit un cheval blanc.

Un enfant couvert d'un manteau bleu et une paysanne en jupe rouge sont l'un debout, l'autre assise sur un fragment de pierre. Un autre personnage, en rouge, se repose, à droite, près d'une botte de paille.

Vers le fond, au centre, une femme portant du linge sur sa tête. Plus loin, un berger, poussant devant lui son troupeau, passe sous une arche cintrée, au delà de laquelle on aperçoit la campagne de Rome éclairée par le soleil couchant.

Toile de forme ovale. Haut. : 45 cent. Larg. : 35 cent.

Pendant du suivant.

ROBERT (Hubert)

41 — *Un Temple Romain.*

Dans un temple circulaire, sous une galerie à colonnade décorée de pilastres et de statues dans des niches de pierre, un artiste est venu dessiner. Il est assis à terre, son carton posé sur ses genoux. Derrière lui, un homme en habit vert est appuyé sur une canne.

A gauche, des tonneaux de vin sont alignés, un homme remplit une bouteille, d'autres se reposent. Deux femmes debout à droite, leur jupon relevé autour de la taille, échangent des propos.

Dans le fond, une porte cintrée s'ouvre sur la ville et laisse apercevoir le dôme de Saint-Pierre sous le ciel nuageux. Près de cette porte, des femmes étendent du linge.

Toile de forme ovale. Haut. : 45 cent. Larg. : 35 cent.

Pendant du précédent.

ROBERT (Hubert)

42 — *La Cascade.*

Dans un site ouvert entre des rochers, des chutes
d'eau répandent au centre leur écume argentée.

Deux paysannes sont arrêtées au premier plan devant
un pêcheur étendu sur la rive. L'une d'elles, un bras
tendu, montre d'un geste la cascade ; un chien blanc
est au bord de l'eau.

Au second plan, au sommet d'un roc escarpé, on
remarque un pavillon polygonal couvert en tuiles, à
l'extrémité d'un parc planté de peupliers.

Toile. Haut. : 28 cent. Larg. : 35 cent.

Pendant du suivant.

ROBERT (Hubert)

43 — *Rochers et Cours d'Eau.*

Une rivière, aux eaux limpides, tourne entre des
rochers abrupts. Deux femmes, l'une en rouge, portant
un vase de grès sur la tête, l'autre accroupie sur le
sol, et une fillette sont arrêtées sur un chemin qui
franchit un pont de bois.

Une autre femme, la tête couverte d'un fichu blanc,
pousse, dans les rochers, deux vaches à l'abreuvoir.

Au second plan, on remarque plusieurs personnages
à l'entrée d'une grotte, qui s'ouvre dans un rocher
dominé par les constructions d'un village.

La campagne s'étend vers le fond, sous un ciel
nuageux.

Bois. Haut. : 28 cent. Larg. : 35 cent.

Pendant du précédent.

TOURNIÈRES (Robert le vrac)

Caen, 1668-1752

44 — *Portrait de la Vicomtesse de Savigny.*

Elle est représentée à mi-corps, tournée de trois quarts vers la gauche, les yeux bruns, le visage presque de face et souriant au spectateur, les cheveux poudrés, relevés sur le front, ornés d'un nœud de ruban rose avec une perle pendeloque. Elle porte une robe jaune brodée d'argent, au corsage décolleté, à la manche ample laissant le bras découvert à la hauteur du coude. De la main droite, elle retient une étoffe rayée et galonnée d'or qui est posée sur son épaule et drapée autour d'elle.

Cadre en bois sculpté.

Toile de forme ovale. Haut. : 84 cent. Larg. : 66 cent.

TRÉMOLLIÈRE (Pierre-Charles)

Cholet, 1703-1739

45 — *Flore.*

La déesse apparaît sur un nuage, étendue, le bras gauche accoudé. Elle tient une guirlande de fleurs qui l'entoure et que relève, au second plan, un amour aux ailes de zéphyr. Elle est vêtue d'une robe blanche découvrant la poitrine au-dessous des seins, et laissant les épaules ainsi que les bras nus. Un manteau rose se drape amplement sous elle. Des sandales sont retenues à ses pieds par des rubans bleus noués aux chevilles.

Ses cheveux blonds, séparés en bandeaux sur le front, sont couronnés de fleurs et ornés d'une chaîne de perles.

Toile. Haut. : 89 cent. Larg. : 1 m. 26.

VESTIER (Antoine)

Avallon. 1740-1824

46 — *Mademoiselle Rouillé.*

Assise dans un fauteuil devant un piano-forte en marqueterie, les deux mains sur le clavier, elle est vue de profil à gauche, la tête tournée presque de face vers le spectateur, les yeux bleus, les cheveux poudrés, bouffant sous un ruban bleu noué sur le côté, et bouclés sur les oreilles et le cou.

Elle porte une robe décolletée et rayée, de couleur prune, avec une ruche de lingerie au corsage ; la taille est serrée dans une ceinture bleue.

Sur le piano, on remarque une partition ouverte.

Signé à gauche : Vestier, 1792.

Cadre en bois sculpté.

Toile. Haut. : 80 cent. Larg. : 64 cent.

WATTEAU

(Attribué à)

47 — *La Nymphe.*

Une jeune femme est représentée dans un parc. Assise sur des étoffes blanches et bleues drapées sur un rocher, au pied d'un vase de pierre, les cheveux blonds retenus par des chaînes de perles, elle s'appuie de ses deux mains sur un bouquet de fleurs posé à côté d'elle. Au premier plan et à droite. une source.

Toile. Haut. : 59 cent. Larg. : 47 cent.

ÉCOLES

FLAMANDE ET HOLLANDAISE

BACKER (Jacob-Adriaensz)

Harlingen, 1608-1651

48 — *La Femme au Manteau rouge.*

A mi-corps, de trois quarts à gauche, les cheveux châtains, coupés sur le front et pendant sur les oreilles, une longue plume blanche dans sa coiffure, des perles autour du cou, elle tient de la main droite un éventail fermé par un nœud de ruban. Son manteau rouge, retenu aux épaules par une large agrafe d'orfèvrerie fermée sur la poitrine, recouvre la robe au corsage rose décolleté, laissant apercevoir une chemise de mousseline.

Signé à droite : A. Backer,

Toile. Haut. : 70 cent. Larg. : 57 cent.

BRUEGHEL

(Atelier de Pierre, dit le Vieux)

49 — *Kermesse flamande.*

Au premier plan à gauche, des bonshommes et des bonnes femmes qui s'en donnent à cœur joie de danser, tandis que deux camarades jouent de la cornemuse. A droite, plus loin qu'un couple galant, des gens sont autour d'une table jouant à des plaisirs d'argent, sous l'œil attentif d'une commère dont le front est ceint d'un ruban rouge.

Du même côté, il y a toute une série de personnages à qui les liquides semblent troubler un peu la cervelle. Tout à fait au fond, à gauche, plus loin que des couples qui en sont aux surprises passionnelles, un homme assis sur un banc et vu de dos, cuve son ivresse, la tête écroulée sur une table.

Bois. Haut. : 73 cent. Larg. : 1 m. 02.
Collection du Prince Paul Troubetzkoï. Vente du 3 Mai 1892. N° 4.
Collection Jean Dollfus. Vente des 1er et 2 Avril 1912. N° 79.

CUYP (Aelbert)

Dordrecht, 1620-1691

5o — *Départ pour la Chasse.*

Près d'un château en ruines, qui se trouve à droite
et en avant d'une entrée de bois, les jeunes chasseurs
sont arrêtés et causent avec un piqueur de chiens.
L'aîné des personnages, vêtu d'un habit marron, est
en selle sur un cheval gris pommelé qui tourne la tête,
comme s'il prenait part à la conversation. Le cavalier,
tenant ses rênes de la main gauche, souligne l'indica-
tion qui lui est donnée, d'un geste du bras droit porté
en avant horizontalement et tenant une cravache.

Ce cavalier porte un sabre à la poignée ciselée, suspendu par un baudrier. Devant lui, sur un petit cheval
bai cerise, vu de profil à gauche, un jeune garçon est
en selle, tournant sa tête de face. Il est vêtu d'un
habit bleu de ciel à passementeries dorées et coiffé
d'un bonnet de velours noir amusé d'un panache de
plumes blanches. Lui aussi porte, suspendu à un baudrier, un sabre à la poignée richement ciselée. Il est
chaussé de bottes molles en peau de daim, aux talons
armés d'un éperon. Le troisième cavalier, en selle
sur un cheval bai brun, est vu de face; il est vêtu d'un
habit rouge passementé d'or et coiffé d'une toque en
velours grenat dont le turban de galon d'or s'éclaire
d'une aigrette blanche. Ce troisième cavalier, ayant
ses rênes dans la main gauche, appuie à sa hanche sa
main droite qui tient une cravache. A droite, le piqueur
de chiens debout, de profil à gauche, son bonnet fourré
à la main, est vêtu d'une tunique rouge foncé à passementeries longitudinales. Il est armé également d'un
sabre suspendu à un baudrier et il tient en laisse
deux lévriers, l'un au museau taché de blanc, qui
tourne la tête à droite, l'autre jaune qui tend son

museau vers une petite mare occupant le premier plan.

A gauche, dans la plaine qui s'étend jusqu'à une rivière, on aperçoit, chassant déjà, des chiens qui courent, un cavalier sonnant de la trompe, tandis que son cheval est lancé au galop, et un homme courant également, la main droite armée d'une pique.

Signé en bas vers la gauche : A. cuyp fecit.

Toile. Haut. : 1 m. 09. Larg. : 1 m. 56.

D'après le catalogue de la vente Lapeyrière, le personnage en tunique rouge serait un prince d'Orange. Les figures du *Départ pour la chasse* sont les mêmes que celles du *Départ pour la promenade*, qui fait partie des collections du Louvre. Or, en ce qui concerne le tableau du Louvre, on s'appuie sur d'anciens inventaires pour considérer le personnage principal comme représentant un prince d'Orange.

Décrit par Smith, t. V, p. 326, N° 150 ; par Hofstede de Groot, N° 617 ; cité par Waagen, t. II, p. 280.

Collection Lapeyrière (1825).

Collection Delahaute.

Collection T. Emmerson, Esq. (1829).

Collection R. Sanderson, Esq. (1848).

Collection Lyne Stephens (1895).

Collection Maurice Kann (1911).

CUYP (Aelbert)

51 — *Le Départ de l'Auberge.*

Deux cavaliers, l'un en selle sur un cheval bai. l'autre s'apprêtant à monter un cheval de même robe et tenant par la bride un cheval blanc, sont réunis devant la porte d'une auberge, qui occupe la gauche de la composition.

Sur le mur, on remarque une enseigne formée d'une cafetière d'étain et d'une couronne de feuillage, pendant à une potence.

A droite, au premier plan, un chien ; plus loin, la campagne traversée par un cours d'eau s'étend à l'horizon.

A gauche, sur le rebord de la fenêtre, le monogramme : A. C.

Cadre en bois sculpté.

Bois. Haut. : 42 cent. Larg. : 33 cent.

Smith, Catalogue raisonné. t. V. p. 325, N° 148.

Exposé à la Royal Academy à Londres en 1910.

Collection du Marquis de Bute. 1822.

Collection Edw. V. Utterson, Esq., 1832.

DOU (Gérard)
Leyde, 1613-1675.

52 — *Le Dessinateur.*

Il apparaît dans l'encadrement d'une fenêtre de pierre cintrée, au-dessus de laquelle est relevé un rideau rouge. Assis dans un fauteuil, devant une table couverte d'un tapis, il est appuyé sur un grand album et dessine avec une plume d'oie d'après un modèle de plâtre.

Sur une table, une bougie brûlant dans un chandelier éclaire vivement la figure du personnage et les accessoires. On remarque encore une sphère, un petit tonneau de bois et divers objets.

Le jeune dessinateur, tête nue, ses cheveux recouvrant le front, est vêtu d'un habit lie de vin, avec un large col de guipure rabattu sur les épaules.

On lit, à gauche, sur le petit tonneau de bois, les lettres A.C.P.V., au-dessus de la signature : G. Dou.

Cadre en bois sculpté.

Bois. Haut. : 30 cent. Larg. : 24 cent.

Mentionné par Smith, N° 65 ; par Hofstede de Groot, N° 219 ; par W. Martins, N° 323 a.

Collection van Slingelandt, 1785.
Collection Dubois. Paris, 1785.
Collection Helsleuter, 1802.
Collection Smeth van Alphen, 1810

HÉDA (Willem-Claesz)
Haarlem, 1594-1679.

53 — *Le Verre de Bohême.*

Sur une table, en partie couverte d'une nappe blanche chiffonnée et d'un tapis brun à franges, l'artiste a groupé des assiettes de métal et de porcelaine de Chine, dans lesquelles se trouvent des olives et des reliefs de pâté, un couteau, un citron à demi épluché, une coupe renversée et un grand verre de Bohême à demi rempli, devant un verre de Venise contenant un peu de liquide. Sur le fond clair, une branche de feuilles de vigne.

Bois. Haut. : 90 cent. Larg. : 68 cent.

HEYDEN (Jan van der)

Gorinchem, 163?-1712.

54 — *La vieille Maison.*

A droite, au bord d'un cours d'eau qui traverse une
prairie plantée de vieux arbres, s'élève une maison de
briques couverte de tuiles ; elle est complétée d'un
bâtiment en palissade au toit de chaume.

Des enfants regardent des canards qui s'enfuient aux
aboiements d'un chien.

Vers le centre, un officier, dont l'habit gris est orné
de rubans rouges, s'appuie sur une canne et s'entre-
tient avec une dame vêtue d'une robe blanche et d'un
manteau noir. Un petit garçon blond, les cheveux pendants, les accompagne.

D'autres personnages se dirigent vers le fond, où
l'on aperçoit de vastes prairies bordées par des arbres
aux cimes élevées, dont la perspective fuit à l'horizon ;
le clocher d'une église s'élève dans le lointain sous un
ciel nuageux.

Signé à gauche en toutes lettres et daté 1668.

Bois. Haut. : 22 cent. Larg. : 33 cent.

Collection Charles T. Yerkes. New-York. 1910.

N° 42 du cat.

HOOCH (Pieter de)

Rotterdam, 1629-1677

55 — *Le Perroquet.*

Dans un intérieur vivement éclairé d'un rayon de soleil, un domestique nègre tire une corde qui soutient au plafond une cage dorée; par la porte ouverte de cette cage, un perroquet au plumage vert se présente. Une jeune fille en corsage de soie jaune, assise au centre devant une table, lui offre un biscuit.

Au premier plan, un gentilhomme assis sur une chaise, en habit brun, son chapeau noir posé sur ses genoux, vu presque de dos, tient une longue pipe en terre.

A droite, une jeune femme est debout, un fichu de gaze jaune posé sur ses cheveux blonds et noué sur la poitrine, vêtue d'une robe rouge, les manches retroussées à la hauteur des coudes. Elle présente un plat sur la main droite et tient une bouteille de l'autre main.

On remarque sur la table de bois, dont les quatre pieds sont réunis par de larges traverses, un tapis d'Orient, une cruche en terre et un verre. A gauche, la partie inférieure de la fenêtre à vitraux est ouverte d'un côté; des rideaux rouges, sur la partie supérieure, laissent passer des rayons de lumière empourprés. Sur le mur gris du fond, un luth et deux tableaux sont accrochés, l'un est en partie couvert d'un rideau. Le sol est carrelé de dalles blanches et noires.

Signé à gauche et vers le centre, sur une traverse de la table : P. D. HOOCH.

Toile. Haut. : 67 cent. Larg. : 56 cent.
Vente Meynts, Amsterdam, 1823.
Décrit dans le Catalogue des Peintres Hollandais, par Hofstede de Groot, t. I, p. 503, N° 111.

HOOCH (Pieter de)

56 — *La Partie de Musique.*

Dans un intérieur, une jeune femme, en robe de
satin blanc garnie de soie rouge, les cheveux bruns
bouclés sur les oreilles, est debout, au centre, devant
un clavecin, la main droite posée sur la partition,
l'autre main touchant le clavier ; elle chante. A gauche,
près d'elle, une autre jeune femme, en robe marron
relevée sur un jupon rouge, joue de la viole ; ses cheveux châtains et bouclés sont ornés de rubans rouges.

A droite et au second plan, un gentilhomme est vu
à mi-corps derrière une table couverte d'un tapis
d'Orient ; appuyé d'une main sur la table, il prend un
violon qui est posé sous un archet.

Un verre de vin blanc est placé sur un plateau d'argent. Sous la table, un chien se présente de face.

Plus loin, une jeune femme aux cheveux blonds, un
collier de perles autour du cou, porte des fruits sur
un plateau. Dans le fond, une baie cintrée est ouverte
sur une chambre à coucher. Des colonnes de marbre
aux chapiteaux dorés décorent la pièce, dont le sol
est dallé.

Signé à gauche en toutes lettres.
Cadre en bois sculpté.

Toile. Haut. : 72 cent. Larg. : 81 cent.

Ce tableau doit figurer dans le Supplément au
Catalogue Raisonné des œuvres du maître que doit
publier M. Hofstede de Groot.

KEYSER (Thomas de)

Amsterdam, 1596-1667

57 — *Portrait d'un Gentilhomme.*

Vu jusqu'aux genoux, de trois quarts à droite, la tête presque de face, il regarde devant lui ; ses yeux sont bleus, le visage coloré, les cheveux gris et rares, la barbiche tombe en pointe sur une fraise à tuyauté rigide. La main droite s'appuie à la ceinture, tandis que l'autre main tient une paire de gants blancs posés près d'un chapeau de feutre, sur une table couverte d'un tapis rose. Le gentilhomme porte une veste et une culotte de velours noir avec un manteau de même couleur tombant sur le dos.

Fond gris.

A gauche, l'inscription : Ætatis 65 et la date 1627.

Bois. Haut. : 1 m. 18. Larg. : 85 cent.

LAMEN (Christophe Jacob van der)

Anvers, 1615-1652

58 — *L'Enfant prodigue.*

Dans le vestibule d'un palais ouvert sur la campagne, un jeune homme est assis entre deux courtisanes, devant une table chargée de victuailles. L'une des femmes, vêtue d'une robe jaune, est assise sur les genoux du prodigue et tient un luth. Derrière lui, l'autre jeune femme, une main posée sur ses épaules, prend un verre que lui présente un serviteur sur un plateau d'argent. Un autre valet, en veste rouge, est debout à droite.

La table est couverte d'un tapis rouge sous la nappe relevée. Sur le sol, des bouteilles rafraichissent dans un bassin de cuivre. Un chien flaire des assiettes desservies dans une corbeille d'osier.

Deux autres femmes sont debout sur la gauche, l'une, portant une robe noire relevée sur un jupon rouge, présente un vidrecome ; l'autre est une matrone à la figure grimaçante et tirant la langue.

Un manteau rouge est posé sur une chaise de cuir, contre laquelle une épée est appuyée.

Vers le fond, on aperçoit, à gauche, le jeune homme chassé à coups de balai d'un logis villageois. À droite, il est représenté devant une auge et gardant des pourceaux. Au centre, un portique est ouvert sur un parc.

Bois. Haut. : 54 cent. Larg. : 74 cent.
Collection du Baron de Kœnigswarter de Vienne.
Vente du 20 novembre 1906, à Berlin.

MOREELSE (PAULUS)
Utrecht, 1571-1638

59 — *Une jeune Femme Hollandaise.*

Vue jusqu'à la ceinture, de trois quarts à gauche, elle tient de la main droite un éventail et regarde le spectateur. Les cheveux châtains relevés sur le front et sous une coiffe de guipure, une fraise rigide autour du cou, elle porte une robe noire, aux manches de satin jaune, des manchettes aux poignets et des bracelets d'orfèvrerie; une chaîne d'or lui entoure la taille au-dessus de la large jupe.

Bois. Haut. : 83 cent. Larg. : 66 cent.

OSTADE (ISAAK VAN)
Haarlem, 1621-1649

60 — *Intérieur d'Écurie.*

Sous une vaste grange, on remarque, à droite, devant un râtelier, un cheval bai, sellé et bridé. Au centre, un homme en veste bleue, culotte grise et coiffé d'une toque, le haut du corps incliné vers le sol, travaille avec une pelle. Une fenêtre, formée d'un vitrail, est ouverte dans le mur, laissant passer la lumière dorée du soleil.

Plus loin, des palissades et une cage pendue sous la toiture.

Dans le fond, on aperçoit une chèvre et une charrette dételée; des ustensiles de ménage sont groupés en différents endroits.

Signé au centre : Isaac Van Ostade, et daté 164....

Bois. Haut. : 39 cent. Larg. : 58 cent.

Collection Albert Lévy, Londres.
Collection du Baron de Beurnonville.
Collection Ch. T. Yerkes, New-York, 1910.

POTTER (Paulus)
Enkhuisen, 1625-1654

61 — *Le Retour du Troupeau.*

Le long d'un chemin bordant une rivière, une bergère apparaît montée sur un âne et tenant une baguette
à la main. Elle suit un troupeau de vaches, de moutons et de chèvres, qu'un berger, coiffé d'un large
chapeau de feutre, pousse devant lui.

Au premier plan, un mouton s'est arrêté pour boire
dans une mare. A droite, un chien attend au pied d'un
arbre. Le cours d'eau tourne à l'horizon entre deux
rives, où des collines s'élèvent sous un ciel bleu semé
de nuages dorés par les rayons du soleil.

Signé, à droite, sur le tronc d'un arbre : Paulus
Potter, 1651.

Cadre en bois sculpté.

Bois. Haut. : 40 cent. Larg. : 51 cent.

Ce tableau figurera dans le Catalogue Raisonné
des œuvres de ce maître, qui doit être publié pro-
chainement par M. Hofstede de Groot.

RUISDAEL (Jacob van)
Haarlem, 1628-1682

62 — *Le Château fort.*

Une cascade coule au premier plan, entre des rochers. Au delà d'une nappe d'eau traversée par un
pont de bois, sur une éminence couverte d'arbres, et
où l'on remarque un chemin sinueux, se dresse un
château fort, dont la tour carrée et crénelée est défen-
due par quatre échauguettes. Plus loin, des constructions de bois. A gauche, une ferme entourée de quel-
ques arbres.

Dans le fond, on aperçoit des montagnes verdoyantes
sous le ciel nuageux.

Un vol d'oiseaux passe au-dessus du château fort.

Signé, au premier plan, en toutes lettres, sur un
rocher.

Toile. Haut. : 66 cent. Larg. : 49 cent.

Collection Auguiot.
Collection Maurice Kann.

SNYDERS (Frans)

Anvers, 1579-1657

63 — *Fruits et Légumes.*

Des poires, des pommes, du raisin, des pêches, un artichaut, une botte d'asperges et d'autres fruits sont réunis sur une table.

Toile. Haut. : 63 cent. Larg. : 80 cent.

STEEN (Jan)

Leyde, 1626-1679

64 — *La Noce.*

C'est jour de noces. Dans la salle voisine de celle qui occupe le premier plan, la jeune mariée, couronnée, est assise, en effet, à une table chargée de mets, tandis que son époux, à côté d'elle, lui murmure des mots doux et qu'un vieux recteur, en robe et bonnet noirs, lève son verre à leur prospérité.

Au premier plan, un jeune garçon, assis à droite sur un guéridon et vêtu de rouge, joue du violon avec rage, tandis que sa tête rieuse se retourne et que des couples dansent gaiement. Un vieil homme, soulevant son chapeau et demandant à son vieux torse alourdi un regain d'élégance, invite à une contredanse une commère en robe de soie grise à reflets gorge-de-pigeon ; cette femme est assise de profil à gauche et exhibe un embonpoint qui ne sait pas ce que c'est que pâtir. Près d'elle, une matrone grave est assise également. Sur les murs gris, où l'on voit un tableau suspendu, se balance une couronne faite de guirlandes fleuries.

Signé à droite, en bas : J. Steen.

Bois. Haut. : 45 cent. Larg. : 37 cent.

Décrit par Hofstede de Groot. Nº 463.
Collection Antony Meynts. Amsterdam (1823).
Collection Van Cranenburgh, Amsterdam.
Collection Lord Charles Townshend.
Collection W. Wells, Esq. de Redleaf.
Collection Nieuwenhuys, Londres (1886).
Collection Maurice Kann. Vente du 9 juin 1911.
Nº 69.

20,000
13,000

Feral

STEEN (Jan)

65 — *La Visite à l'Avocat.*

Deux paysans, un homme en tunique brune et gilet rouge, s'appuyant sur un bâton et portant une mue d'osier ; une femme en noir, coiffée d'un chapeau, son tablier bleu relevé laissant voir la jupe, un panier posé sur le bras gauche, les mains jointes et tenant une pièce de monnaie, sont entrés dans l'intérieur d'un homme de loi. Ce dernier est assis à droite, vêtu d'une longue robe grise, coiffé d'une toque bleue galonnée d'or. Il lit un feuillet, tout en s'accoudant à une table couverte d'un tapis d'Orient et sur laquelle on remarque de la paperasserie et un encrier. Un grand livre est posé à terre. Plus loin, un pupitre et des casiers contenant des registres.

Un rideau vert est tendu sur une tringle, au second plan. A gauche, dans l'embrasure d'une porte ouverte, on aperçoit un homme au visage rieur, qui fait un geste de la main droite, en emportant sous le bras un poulet.

Signé, à droite, sur un sac pendu au-dessus du bureau.

Bois. Haut. : 59 cent. Larg. : 49 cent.

Décrit par Hofstede de Groot dans le Catalogue des Peintres Hollandais, vol. I. N° 236.

Exposé à Leeds, 1889.
Collection S. H. Fraser.
Collection de Sir Hugh P. Lane.

TENIERS (DAVID) LE FILS
Anvers, 1610-1690

66 — *La Halte à l'Auberge.*

Devant une construction rustique couverte de chaume, quatre villageois sont réunis, buvant, causant ou fumant. Une cruche de grès est posée sur un tonneau renversé.

A droite, l'un des compagnons est debout, appuyé sur un bâton. Coiffé d'un chapeau de feutre, il porte une veste rose.

A gauche, un buveur assis porte une veste bleue et une toque sur l'oreille.

Au second plan, une servante se présente dans l'embrasure d'une porte. Un bosquet de feuillage est aménagé contre le mur de l'habitation.

Sur une route, trois personnages, l'un d'eux portant une brassée de bois.

Signé en toutes lettres.

Bois, de forme ronde. Diamètre : 22 cent.

VOS (CORNÉLIS DE)
Hulst, 1585-1651

67 — *Une jeune Femme et son Enfant.*

Une dame de qualité, tournée de trois quarts à droite, est assise dans un fauteuil rouge. Elle tient par la main une fillette blonde qui s'appuie sur ses genoux.

La jeune femme est vêtue d'une robe de satin noir broché avec le devant du corsage en brocart d'or. Autour du cou, elle porte une large fraise à tuyauté rigide, tandis qu'à ses poignets brillent, entourés de manchettes de dentelles, des bracelets d'orfèvrerie.

La fillette, qui se presse contre sa mère, a les yeux bleus, le visage souriant au spectateur. Un petit bonnet blanc couvre ses cheveux en désordre ; un collier de corail orne son cou au-dessus d'une collerette de guipure. Elle porte une robe de satin à fond blanc et un manteau bleu, drapé autour d'elle.

Un rideau rouge, relevé sur un pilastre, laisse apercevoir la campagne et un ciel nuageux.

Bois. Haut. : 1 m. 10. Larg. : 85 cent.

Collection Massey Mainwaring.
Collection de Sir George Donaldson. Londres.

WYNANTS (Jan)

Haarlem, 1625-1684

68 — *Bords de Rivière.*

Dans un paysage accidenté, une rivière tourne au premier plan. A droite, par un chemin bordé de broussailles, un élégant chasseur, son fusil sur l'épaule, s'avance, précédé d'un chien. Une femme assise à terre, et qu'accompagne un petit garçon en veste rouge, tend la main vers lui. Plus loin, deux pêcheurs au bord de l'eau, dont l'un, vêtu de rouge, est assis ; l'autre, debout, porte un vêtement bleu.

Au sommet d'un monticule de sable, qu'abrite un maigre feuillage, un homme se repose sur une barrière de bois. Dans le fond, une plaine coupée d'arbres, au-dessus desquels on aperçoit le toit d'une importante construction.

Ciel nuageux.

Les personnages sont peints par Adriaen van de Velde.

Signé à droite : J. Wynants.

Bois. Haut. : 25 cent. Larg. : 34 cent.

Collection Charles T. Yerkes, New-York, avril 1910.

ÉCOLE ITALIENNE

ALLORI (ANGELO DIT IL BRONZINO)

Monticelli, 1502-1572

69 — *Portrait de jeune Femme.*

Vue à mi-corps de trois quarts à gauche et regardant en face, la main droite appuyée sur la poitrine, portant une bague d'orfèvrerie et tenant un mouchoir bordé de dentelle. Les cheveux châtains, retenus derrière la tête sous une coiffe à chaînes d'or, elle porte un corsage rouge galonné de rubans verts, décolleté, les manches bouffant au-dessous des épaules, un collier d'or autour du cou et une chaîne pendant sur la poitrine.

Fond vert.

Bois. Haut. : 56 cent. Larg. : 43 cent.

BARTOLOMEO VENEZIANO

École Vénitienne, XVI⁰ siècle

70 — *L'Homme en rouge.*

Un gentilhomme à la longue barbe noire, aux yeux bruns, coiffé d'un bonnet de brocart d'or sous une large toque rouge ornée d'une médaille ; en vêtement rouge aux amples manches à crevés, et ouvert sur la poitrine qui est recouverte d'une chemise plissée, est représenté à mi-corps, légèrement tourné vers la droite et regardant en face.

La poignée de son épée apparaît sous son bras droit.

Vers le fond, dans un vallon boisé, une bergère garde un troupeau de moutons.

A l'horizon, une chaîne de collines s'élève sous le ciel dans l'atmosphère bleue.

Bois. Haut. : 71 cent. Larg. : 57 cent.

CARRIERA (Rosalba)

Venise, 1675-1757

71 — *Portrait de jeune Femme.*

En buste, tournée vers la gauche, le visage de trois quarts à droite, les cheveux poudrés, bouclés, ornés de fleurs et de pierreries. Elle porte sur son corsage, ouvert et laissant voir la chemise de dentelle, un manteau de cour bleu, fleurdelisé et doublé d'hermine, que retiennent des agrafes de pierres précieuses. Aux oreilles elle porte des boucles de diamant.

Pastel.

Cadre en bois sculpté.

Haut. : 57 cent. Larg. : 43 cent.

Collection Dumonstier, Versailles.

72 GOZZOLI (Benozzo di Lese di Sandro)

Florence, 1420-1497

72 — *La Vierge et l'Enfant Jésus entourés d'Anges.*

La Vierge est assise au premier plan, les mains jointes, les jambes croisées ; elle adore l'Enfant Jésus couché sur ses genoux.

Deux anges, en robe verte, sont debout à droite et à gauche, et deux autres portent au-dessus de la Vierge une couronne d'or.

Au sommet du tableau, la colombe du Saint-Esprit vole sur un nimbe d'or. Dans le fond, une muraille à hauteur d'appui et deux rideaux rouges relevés.

Bois, cintré dans la partie supérieure.

Haut. : 46 cent. Larg. : 27 cent.

Exposé à la Royal Academy, 1902.

Collection de Lord Powlett.

GUARDI (Francesco)

Venise, 1712-1793

73 — *La Piazzetta à Venise.*

La vue est prise dans l'angle opposé au palais des Doges dont la perspective occupe la gauche de la composition. Au premier plan du même côté, on remarque le portique de Saint-Marc.

Sur la Piazzetta, une foule de personnages est réunie. Un orateur, monté sur un socle de pierre, lit un discours qu'il tient à la main. Autour de lui, des Orientaux drapés de manteaux aux vives couleurs, puis des gentilshommes vénitiens coiffés du tricorne galonné d'or, en habit aux larges basques flottantes, des magistrats dans leur robe noire sous leur haute perruque.

A droite, une balustrade. Sur un banc de pierre, un marchand ambulant est assis, ayant posé devant lui sa corbeille d'osier ; des chiens jouent sur les dalles de pierre.

Dans le fond, les deux colonnes supportant la statue de saint Georges et le Lion de Venise. puis, au bord du quai des Esclavons, les gondoles attendant les passagers ; plus loin, des bateaux aux voiles blanches et un navire à la haute mâture.

Dans le fond, on remarque la silhouette de saint Georges Majeur.

Signé, à gauche, sur une marche de pierre.

Toile. Haut. : 45 cent. Larg. : 63 cent.

GUARDI (Francesco)

74 — *Le Quai des Esclavons à Venise.*

Au bord du quai qui s'étend jusqu'à l'entrée du Grand Canal, des gondoles attendent les passagers.

Devant les constructions de la Bibliothèque, on a dressé les tentes d'un marché ; à droite, sur la Piazzetta, des marchands de poulets ont posé leurs cages. On remarque la colonne supportant la statue de saint Georges : dans le fond, on aperçoit la Douane et l'Église de Santa Maria della Salute.

Bois. Haut. : 24 cent. Larg. : 35 cent.

Collection Beurnonville.
Collection Marmontel.

MORONI (Giovanni-Battista)

Bondo, 1520-1578

75 — *Portrait d'un Noble vénitien.*

Vu presque de face, à mi-jambes, les yeux bruns, la barbe grise, il porte un pourpoint noir avec un petit col de lingerie rabattu autour du cou. La main droite, tenant des gants, est retenue par le pouce passé dans la ceinture; la main gauche est appuyée sur la poignée de l'épée qui pend aux côtés.

Bois. Haut. : 96 cent. Larg. : 75 cent.

PALMA VECCHIO (Jacopo)

Serinalto, 1480-1528

76 — *Sainte Famille.*

Sur un trône, au haut dossier tendu d'une étoffe brodée, la Vierge est assise de face, vêtue de noir et de bleu, un voile blanc sur ses cheveux blonds, et tournant la tête à gauche, sa tête d'une beauté angélique, pour mieux entendre un vieillard en turban et veste rouge, qui joue de la viole avec un archet recourbé.

Sur ses genoux, debout, la Vierge tient l'Enfant Jésus, nu, qui tend une croix de bois à saint Jean, debout devant lui, mais plus bas, et s'efforçant, de ses bras levés, à présenter à Jésus un parchemin déroulé, sur lequel se trouvent des lignes d'écriture serrée. Saint Jean, vu de profil, est soutenu par saint Joseph, vu de face, la tête baissée.

Au fond, on aperçoit un paysage de soleil couchant, avec, à droite, de hautes constructions,

Bois. Haut. : 65 cent. Larg. : 85 cent.

Collection de Somzée. Bruxelles. 1904.

POLLAIUOLLO (Piero del)

Florence, 1433-1496

77 — *La Vierge, l'Enfant Jésus et un Ange.*

La Vierge est assise dans la campagne, tenant l'Enfant Jésus debout sur ses genoux et pressant de ses deux mains le sein de sa mère. Elle porte les cheveux blonds relevés sur les côtés et en partie couverts d'un voile blanc qui retombe sur l'épaule ; sous un manteau bleu doublé de jaune, apparaît la robe rose retenue à la taille par une ceinture ; l'Enfant est nu.

A gauche, un ange, en robe de lingerie blanche, les cheveux bouclés pendant sur les épaules, les yeux bleus, porte un vase de roses rouges et une guirlande de fleurs.

Dans le fond, on remarque, à gauche, sur une éminence, une ville fortifiée qui domine une vallée boisée et traversée par un cours d'eau.

Ciel nuageux.

Figures nimbées d'or.

Bois. Haut. : 43 cent. Larg.: 28 cent.

Exposé à la Royal Academy, en 1887.
Collection Henry Willet, Esq. Brighton.
Collection de Somzée, Bruxelles.

TIEPOLO (Giovanni-Battista)

Venise, 1696-1770

78 — *La Sainte Famille.*

La Vierge est assise, tenant dans ses bras l'Enfant Jésus debout sur ses genoux, la tête appuyée contre le visage de sa mère. Elle est vêtue d'une robe rose, autour d'elle un manteau bleu, un voile gris drapé sur ses cheveux blonds séparés en bandeaux sur le front. Le torse de l'enfant est entouré d'un linge blanc. A gauche, saint Joseph est représenté en buste, portant sur l'épaule un manteau jaune, la main droite appuyée sur un bâton.

Au premier plan, dans l'angle inférieur droit, un nuage se répand sur la composition.

Toile. Haut. : 52 cent. Larg. : 39 cent.

TIEPOLO (Giovanni-Battista)

79 — *Le Christ en Croix.*

Le Christ, couronné d'épines, agonise sur le calvaire. Ses yeux sont baignés de larmes. Au pied de la Croix est agenouillée la Madeleine, avec ses cheveux blonds épars, vêtue d'une robe jaune, laissant voir un jupon vert, une draperie rose sur l'épaule gauche et retombant en arrière ; elle entoure de ses bras le bois du supplice et, levant la tête vers son divin Sauveur, exprime la désolation.

Fond de paysage avec effet de soleil couchant.

Toile. Haut. : 45 cent. Larg. : 26 cent.

VIVARINI (Bartolomeo da Murano)

Vénétie, 1450-1499

80 — *La Vierge portant l'Enfant Jésus.*

La Vierge est debout, vue à mi-corps, derrière un mur à hauteur d'appui. Vêtue de la robe et du manteau aux couleurs liturgiques, la tête inclinée sur la gauche, elle porte l'Enfant Jésus, blond, aux cheveux bouclés, couvert d'une chemise blanche, et tendant les bras vers sa mère.

Une tenture de brocart, de couleur lie de vin, se détache sur un fond d'or.

Bois. Haut. : 58 cent. Larg. : 41 cent.

PARIS
IMPRIMERIE GÉNÉRALE LAHURE
9, RUE DE FLEURUS, 9

Samedi

avec images
6 [illegible] et 200
[illegible]

[illegible]
[illegible]
[illegible]
[illegible]
[illegible]
[illegible] Guilhou
[illegible] Kappel
[illegible]

CATALOGUE

DE

Tableaux Anciens

DES

Écoles Anglaise, Flamande, Française, Hollandaise, Italienne

DES XV*, XVI*, XVII*, XVIII* et XIX* Siècles

PASTELS ET MINIATURES

COMPOSANT LA COLLECTION DE

M. EUGÈNE FISCHHOF

Dont la Vente aura lieu aux enchères publiques à Paris

GALERIE GEORGES PETIT

8, Rue de Sèze

le Samedi 14 Juin 1913, à 2 heures

COMMISSAIRES-PRISEURS

Mᵉ F. LAIR-DUBREUIL
6, rue Favart
PARIS

Mᵉ Henri BAUDOIN
Successᵣ de Mᵉ Paul CHEVALLIER
10, rue Grange-Batelière.

EXPERT

M. Jules FÉRAL, 7, Rue St-Georges.

EXPOSITIONS

Particulière : le Jeudi, 12 Juin 1913, de 2 heures à 6 heures
et de 8 heures à 11 heures du soir.

Publique : le Vendredi, 13 Juin 1913, de 2 heures à 6 heures.

————————*———————

Résumé du Catalogue

ÉCOLE ANGLAISE

MINIATURES

ÉCOLE FRANÇAISE

ÉCOLE ANGLAISE

MINIATURES

ÉCOLE FRANÇAISE

ÉCOLE ITALIENNE